天空里的
妈妈

〔日〕金子美玲◎著

叶万希子◎译

北京理工大学出版社
BEIJING INSTITUTE OF TECHNOLOGY PRESS

图书在版编目（CIP）数据

天堂里的妈妈 / （日）金子美玲著；（日）千叶万希子译 . — 北京：
北京理工大学出版社，2017.7
ISBN 978-7-5682-3697-3

Ⅰ . ①天⋯ Ⅱ . ①金⋯ ②千⋯ Ⅲ . ①儿童诗歌－诗集－日本－现代
Ⅳ . ① I313.82

中国版本图书馆 CIP 数据核字（2017）第 125724 号

出版发行 / 北京理工大学出版社有限责任公司
社　　址 / 北京市海淀区中关村南大街 5 号
邮　　编 / 100081
电　　话 / （010）68914775（总编室）
　　　　　　（010）82562903（教材售后服务热线）
　　　　　　（010）68948351（其他图书服务热线）
网　　址 / http://www.bitpress.com.cn
经　　销 / 全国各地新华书店
印　　刷 / 三河市宏凯彩印包装有限公司
开　　本 / 889 毫米 ×1194 毫米　1/32
印　　张 / 4.5
字　　数 / 54 千字
版　　次 / 2017 年 7 月第 1 版　2017 年 7 月第 1 次印刷
定　　价 / 25.00 元

责任编辑 / 刘永兵
文案编辑 / 刘永兵
责任校对 / 周瑞红
责任印制 / 边心超

图书出现印装质量问题，请拨打售后服务热线，本社负责调换

目录
CONTENTS

目录
CONTENTS

目录
CONTENTS

目录
CONTENTS

玫 瑰 之 城

茧壳与坟墓

蚕被裹进茧壳里
小小的，闷闷的
那个茧壳里

但是乐观的蚕
会变成美丽的蝴蝶
飞出去

人被埋进坟墓里
阴冷的，黑暗的
坟墓里

但是听话的孩子
会变成长着一双翅膀的天使
飞出去

◎ 2.
女孩

作为一个
女孩子呀
是不可以爬树的

骑木马的女孩
那叫疯丫头
要是打木陀螺
那就更不像话了

我就是知道
因为我玩每一样
都被大人们训斥了

◎ 3.

蜂蜜与神

蜂蜜在花里
花在庭院里
庭院在围墙里
围墙在城市里
城市在日本里
日本在世界里
世界在神的怀抱里

那么，神在哪里
在小小蜜蜂的
身体里

◎ 4.

忙碌的夜空

人和草木熟睡时
夜空真的很忙碌呀

星星背起那一个个
幸福的梦
送到人们的枕边
流星呀
就是它们在往返闪烁

露公主在天亮之前
驾着银色的马车奔走
给阳台上的花朵
还有林间的树叶
送去甘凉的露水

花儿和孩子们熟睡时
夜空真的很忙碌呀

◎ 5.
小点心

被我藏起来的
弟弟的小点心
告诉自己不要吃
我却吃掉了
一个小点心

妈妈如果告诉他
是两个小点心
可怎么办呀

放下了
拿起来，又放下
因为弟弟还没来
所以我吃掉了
第二个小点心

苦苦的小点心
难过的小点心

◎ 6.
蔷薇的根

第一年开花的蔷薇
是又红又大的花朵
蔷薇根在土里想
　"好开心呀
　好开心呀"

第二年，开了三朵
是又红又大的花朵
蔷薇根在土里想
　"又开花了
　又开花了"

第三年，开了七朵
是又红又大的花朵
蔷薇根在土里想
　"第一年的花
　为什么不开了"

◎ 7.
芝草

虽然它叫芝草
但是从没有人提起

它的名字一点也不特别
又矮又小，到处都是
有时它会爬到马路上
谁来拔它，都拔不掉
芝草很坚强

紫云英会开红色的花
紫罗兰连叶子都很温柔
簪子草可以做成簪子
山竹子还可以当笛子吹

但是呀
当我们玩累了
到哪里歇下
到哪里睡觉呢

轻轻的，坚强的
柔软的，快乐的休息之处
就是芝草呀

◎ 8.
田间的雨

白萝卜地里
下了一场春雨
雨水落到碧绿色的叶子上
发出了嘻嘻的笑声

白萝卜地里
下了一场春雨
雨水落在红色的沙地上
悄悄地钻进了土里

◎ 9.
拉钩

牧场的尽头
红红的夕阳下山了
靠在栅栏上的两个影子
一个是戴着红色头花的阔小姐
一个是牧民家的穷孩子

"明天，一定要帮我找到呀，
长着七枚叶子的幸运草"

"找到了就给我送来吧
我给你一个漂亮的喷泉"

"嗯嗯，一定的，这是约定"
两个人，钩起了手指头

牧场的尽头
红红的夕阳在自言自语
"我好想就这样藏在草丛里
明天，也不想出来了"

◎ 10.

无人岛

被冲到一个无人岛上
我是可怜的鲁滨孙

孤零零一个人
在沙滩上遥望
远远的海平面

海浪蓝蓝的
连像船一样的云彩都没有

今天也是寂寞的一天
放弃了回家的念头
那就回到岩洞去吧

（哎呀，那是谁呢？三五个穿着泳衣的孩子）

故事翻过一百页
鲁滨孙
回到了他的家乡

（爸爸午睡刚醒来，
冰好的西瓜刚切开）

开心呀，真开心
鲁滨孙
快快赶路回家吧

◎ 11.

玫瑰之城

绿色的小路尽头
是玫瑰的家

风吹过来
轻轻摇动
风里带着玫瑰花香

玫瑰花仙子趴在窗户上
露着金色的小翅膀
和邻居聊天呢

有人轻轻地敲了家门
窗户和仙子都消失了
只留下微风中摇摆的玫瑰花

在玫瑰色般的清晨
我不小心走进了玫瑰之城

那天
我是一只小小的蚂蚁

紫罗兰和小石子

乡下的路上
车轮
像轧小石子一样
把一朵紫罗兰碾碎了

都市的街上
孩子
像摘一朵紫罗兰一样
把一块小石子捡起来

◎ 13.

白昼的梦

云的影子
从一座山头
飘到另一座山头

春天的鸟儿
从一棵树上
飞到另一棵树上

孩子的目光
从这片天空
移到那片天空

长长的白昼的梦
延伸到比天空
还要高的天空

◎ 14.
星星和蒲公英

蔚蓝的天空深处
星星就像海底的小石头

天黑之前看不见踪影
就算看不见，它们也在那里呀
看不见的东西，也是存在的呀

被风吹散的蒲公英
飘落在瓦砾的缝隙中
静静等待春天的来临

它的顽强我们看不见
就算看不见，它们也在那里呀
看不见的东西，也是存在的呀

◎ 15.

花的灵魂

凋零的花朵也有灵魂
每一朵
都会在佛池旁重生

花儿那么温柔
当太阳呼唤它
便开了花

它们微笑着
与蝴蝶分享花蜜
送给我们迷人的花香

当风呼唤它
毫不犹豫地随风而去

花儿也许有一丝眷恋
于是把花瓣送给了
玩游戏的孩子们

◎ 16.

牵牛花的蔓

院墙太矮了
牵牛花呀
在找可以依靠的地方

东找找
西找找
找来找去找烦了
可还是要找呀

你瞧呀
太阳升起
牵牛花又长了一寸

快快长，牵牛花
笔直地生长吧
仓库边的一道阳光
就在不远的地方

◎ 17.

黑色的麦穗

黑色的麦穗要拔掉
留下那金色的麦穗
不拔掉黑麦穗
就会传染其他的麦子呀

我沿着小路走到海边
烧掉了黑色的麦穗

长不出麦子的黑麦穗
起码让这青烟
高高升起吧

◎ 18.
泥泞

这条后街的
泥泞中
有一汪
蓝蓝的天空

远远的，远远的
美丽又清澈的
天空

这条后街的
泥泞中
有着
深邃的天空

◎ 19.
我的山丘

我的山丘呀，再见了
曾经，我拔起茅花
仰望蓝天
吹着口笛的日子

山丘上的青草呀
你们快快乐乐地成长吧

就算我不再来了
别的孩子还会在这里玩耍

以后还会有
像我一样的胆小鬼
把你叫作"我的山丘"吧

再见了
我的永远的"我的山丘"呀

◎ 20.

土

嘎吱，嘎吱
被刨过的土
变成良田
长出好麦子

从早到晚
被踩过的土
变成马路
让车辆通行

没有刨过的土
没有被踩过的土
是没用的土吗

不是呀，不是
它还会陪伴
不知名的小草呀

◎ 21.

黑夜的星

黑夜中
有一颗
迷路的星星

那颗星星
是女孩吗

和我一样
孤零零的
那颗星星
是个女孩吗

◎ 22.
水马（豉母虫）

一个水纹，消失了
两个、三个水纹
也消失了

当水面上出现七个水纹
魔法就会像泡沫一样消失

被池塘的神仙囚禁起来的水马
变成现在的样子

昨天，今天，蓝蓝的池水里
云依旧映在池面上
不曾消失

一个，两个，水纹
一个接一个，渐渐地
消失

◎ 23.

杉树和杉菜

一棵杉树在唱歌
它看见了
山那边的大海
大海上浮着三点
蝴蝶一样的白帆

有一棵杉树在唱歌
它看见了
山那边的城市
青铜做的猪
在喷水

杉树下
小小的杉菜在唱歌

什么时候
我也能长那么高
看那远方的风景

◎ 24.

风

大家都不知道
天空在追赶山羊

山羊被追到
黄昏时候
它们跑到旷野的尽头
聚成一片羊群

大家都不知道
天空在追赶山羊

当山羊被
落日染成红色
远方传来
笛声

向着明亮那方

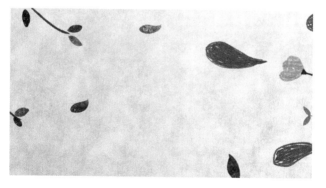

向着明亮那方

向着明亮那方
向着明亮那方

哪怕一片叶子
也要向着日光洒下的方向
灌木丛中生长的小草啊

向着明亮那方
向着明亮那方

哪怕烧焦了翅膀
也要飞向灯火摇曳的方向
夜里飞舞的小虫啊

向着明亮那方
向着明亮那方

哪怕只有小小的空间
也要向着阳光照耀的方向
留守在家的孩子们啊

◎ 26.

土和草

小草们
不知道妈妈是谁
成千上万
它们在一片土地上
孕育成长

可是等草儿长大了
青青的，密密的
就盖住了土地

◎ 27.

夕颜

没有蝉鸣声的
黄昏时分
夕阳下
有一朵绿色的花蕾

轻轻地，轻轻地
准备绽开
绿色的花蕾
仅仅一朵

啊，神仙
此刻
正在里面睡觉吧

◎ 28.
太阳先生和雨小姐

沾上尘土的
杂草
是雨小姐洗干净的

沾了雨水的
杂草
是太阳先生晒干的

为了方便我
这样躺在草地上
仰望蓝蓝的天空

◎ 29.

金鱼

月亮呼吸时
会吐出那
温柔又温暖的
月光

花儿呼吸时
会吐出那
清新又醉人的
花香

金鱼呼吸时
会吐出那
珠宝一样的
泡泡

◎ 30.
小牛

一、二、三、四
在道口，我们数着火车
五、六、七、八
第八节车厢上，载着小牛

那节只载着小牛的车厢
它们要被卖到哪里呢
夕阳下的道口，吹着冷风
我们目送火车驶向远方

晚上，这些小牛怎么睡觉呢
牛妈妈不在身边

小牛们要去哪里呢
小牛们到底要去哪里呢

梦 和 现 实

◎ 31.

梦和现实

如果梦成为现实
现实成为梦
那该多好啊
因为梦里什么规矩都没有
那真好呀

白天过后是黑夜
我也不是公主
月亮用手摘不到
我也钻不进百合花里
钟表的指针只向右转
死去的人再也活不过来

要是没有了这些规矩
那该多好啊
要是时不时梦见一下这些事儿
那可真好

◎ 32.

麦子的芽

百姓们把麦子播种到地里

每天晚上，下起霜
每天早上，太阳又把霜抹去
田地里还是那黑黑的土

有一天，半夜里，来了一个人
对着田地挥着魔法棒
说了三遍
"麦芽呀，孩子们，快出来吧"

第二天，太阳和百姓们
发现麦子的芽儿出来了
你看呀
到处都是

◎ 33.

彩虹和飞机

城里的人们
看见了彩虹
他们为了看飞机
却看到了彩虹

暴雨过后的天空
一架飞机
从彩虹边上
匆匆飞过

我知道了
那架飞机
是为了让城里的人们
看彩虹
才把彩虹从暴雨中
引出来的呀

◎ 34.

淡雪

下雪了
下雪了

雪飘落后它便消失
把道路
变成了泥泞

雪的哥哥、姐姐
弟弟、妹妹
一个接一个地飘落

它们好像在玩耍
又像跳着舞
把道路
变成了泥泞

◎ 35.
上学的路

上学的路，漫长的路
所以总是在心里编故事

在路上如果没有遇到熟人
就一直编着故事到学校

如果遇到熟人
总要打招呼的吧

于是我想起了
太阳和霜
还有那寂寞的田野

可是，在上学的路上
谁也没有遇到呀
还没有编完故事
就走进校门了

◎ 36.

露

我不能告诉任何人
我看到
早晨的庭院
花儿躲在角落里
轻轻哭泣

如果这个消息
传到蜜蜂耳朵里

蜜蜂会像
做错事的孩子
把蜜，还给花儿

◎ 37.
云的孩子

风的小孩和
海浪的小孩
一起玩耍

海浪在的地方
风也在呀

但是
在天空旅行的
云的孩子
真是可怜啊

被风追赶着
气喘吁吁

◎ 38.
山茶花

小宝贝
不要哭呀

微风拂过
后院的山茶花

小宝贝
不要哭呀

山茶花正在安慰
要哭泣的天空呢

◎ 39.
有时候

我走到能看见家的街角
想起了，那件事

因为那件事
我和妈妈闹别扭了

是的，因为妈妈说过
"黄昏前不要离开"

但是，小伙伴们来找我了
我忘了妈妈的话
跑出去玩了

虽然心里不舒服
但还是要听妈妈的话

总之，我的心情变好了
妈妈还会喜欢我

◎ 40.
水手和星星

水手看见星星
星星说
"快过来呀，快过来呀"

风很大，浪很高
水手的眼睛在闪烁
不怕风，不怕浪
把船头朝向星星的方向

最后呀
水手上岸了
"星星，星星"
虽然想着星星，毕竟太遥远了

没有抓住水手
波涛更加愤怒了

◎ 41.

失去的东西

夏天的岸边
那艘玩具船
回到了它的玩具岛
在月光中，靠上了玻璃的岸

曾经，拉钩的约定
从此再也没见过的小妹妹
她去了遥远的天堂
在莲花的丛中，被天使守护着

昨晚的扑克牌里
可怕的长胡子国王
回到了扑克牌的国度
在飘落的雪花中，被他的士兵保护着

所有，所有失去的东西
都会回到
原来的地方

◎ 42.
北风的歌

半空中风的声音
突然停止的时候
我想到了——

风在半空中说
你听，你听
这是我的歌
在冰的荒原上
鸟儿鸣叫的歌声
在云的旷野上
雪橇的铃铛声
我都带来了呀——

没有回答，没有人听
半空中的风
忽然
呜呜的哭了起来

◎ 43.

笑

它是美丽的玫瑰色
它比芥籽还小
当它散落地上时
就像焰火噼啪绽放
开出大朵的花儿

如果眼泪掉下来的时候
微笑也这样散落
那该多么多么美啊

◎ 44.

树

小鸟

在树枝上

小孩

在树下的秋千上

小叶芽

在树枝上静静发芽

那棵树

那棵树

多快乐呀

◎ 45.
留声机

大人们一定认为
他们的孩子
没有自己的想法

所以，当我坐在小船上
驶向小岛的城堡
正要踏进城门的时候
大人们突然打开了留声机

我想装作听不见
继续我的故事
但是留声机的歌儿啊
连我的小岛和城堡
都抢走了

◎ 46.
如果我是花

如果我是一朵花
我一定是个乖孩子

不能说话，也不能走路
我就乖乖地待在那儿

但是呀
如果有人说
我是一朵讨厌的花
我一生气，就会凋零了吧

就算我是一朵花
还是当不了乖孩子呀
像花儿那样的乖孩子

◎ 47.

天空色的花

蓝蓝的，天空色的
小小的花呀
你听我讲

从前
在这里有一个可爱的
有着黑眸子的少女
就像刚才的我一样
喜欢仰望天空

因为喜欢仰望天空
她的眸子
不知不觉
变成和天空一样颜色的小花

花儿呀
如果我的故事
是真的话
你一定比了不起的博士
知道更多天空的秘密

我总是喜欢仰望天空
一边看，一边想
可天空的秘密呀
我一点都不知道

了不起的花儿，沉默着
默默地仰望着天空
被天空染成蓝色的眸子
不知厌倦地看着天空

◎ 48.
灰

园丁爷爷，请给我一把灰
把篮子里剩下的灰给我吧
我要用它做点好事呀

樱花、木兰、梨、李子
我都不会撒给它们
反正春天都会开花呀

我要把灰撒给
从来不开花的森林

如果森林开花了
树木该多高兴呀
我也该多高兴呀

◎ 49.

数星星

伸出十个手指的我
数着
天上的星星
昨天是这些
今天也是这些

伸出十个手指的我
数着
天上的星星
数来数去
只有十颗

◎ 50.

寂寞的时候

我寂寞的时候
别人不知道

我寂寞的时候
朋友都在笑

我寂寞的时候
妈妈很温柔

我寂寞的时候
神仙也寂寞

◎ 51.

千屈菜

长在岸边的千屈菜
是没有人知道的花

扑向岸边的波浪
又回到远处的大海

浩瀚的、浩瀚的大海中
渺小的、渺小的一滴水珠
时刻思念着
那没有人知道的千屈菜

那是从寂寞的千屈菜上
滑落的雨露啊

紫云英的歌

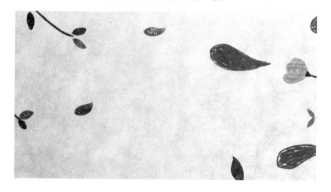

◎ 52.

金鱼的墓

黑暗的，黑暗的土里
金鱼的目光注视着哪里呢
夏天的池中
那水藻花和摇摆的幻影

寂静的，寂静的土里
金鱼在听什么呢
也许是落叶上面
夜露的脚步声

冰冷的，冰冷的土里
金鱼在想什么呢
曾经在金鱼缸里
从前的，从前的好朋友们

◎ 53.
月光

一

月光从屋顶上
望着明亮的街道

没有察觉的人们
像白天一样
行走在灯火明亮的大街上

月光看着这景象
轻轻叹了一口气
把没有人要的影子
扔在寂寞的墙角

街道宛如灯光的河流
人们像鱼儿一样穿梭
每个人的脚下，或深或浅
或长或短，不经意地
拖拽着灯光的身影

二

月光发现了
阴暗的小巷
急忙飞了过去
那里住着一个穷孩子

小孩吃惊地仰起头
月光飞进他的眼睛里
一点儿也不痛
还把破房子
变成一座银色的殿堂

孩子进入梦乡
月光静静地守在那里
直到天亮
一辆破旧的手推车
一把破烂的雨伞
一棵小草
都不吝啬地送出
月光下的影子

◎ 54.
草的名字

别人知道的草的名字
我可一个都不知道

别人不知道的草的名字
我可都知道呢

因为那是我命名的呀
我给喜欢的草儿
起了我爱的名字

大家都知道的草
反正都是别人命名的呀

知道草儿真正姓名的
只有天空上那个太阳公公

所以，我知道的草的名字
只有我一个人在叫

◎ 55.
暴风雨警报

晚霞中
暴风雨警报灯变红了

在警报灯下面
小牛犊在玩耍

曾经有一次
警报灯亮起来了
那个传闻呀
大家早就忘记了

晚霞中
暴风雨警报灯变红了

那一天也许会来
会通知
暴风雨的来临

◎ 56.
紫云英的歌

花儿被采摘后
去了哪里呀

这里有蓝天
还有唱歌的云雀

那个快乐的旅人
跟着风儿走

寻找美景的旅人
把摘下来的紫云英
放在她温柔的手中

有没有一双手
将我摘下

◎ 57.

袖子

做好袖子的和服呀
我真开心啊
好像要出门做客一样

葫芦花
灿烂地开在门外
我快活地跳着舞
拍拍手，又摇摇手
生怕被别人看到

我闻着袖子上
新鲜的染料气味
好开心啊

◎ 58.
夜的雪

大雪、小雪
下着雪的街道上
有一个盲人
还有一个小孩

在明亮的窗边
钢琴在唱歌

盲人停下脚步聆听
雪花飘落在
扶着拐杖的手上

孩子在看呀
那明亮的窗户

雪花装饰着
那黑黑的丸子头

钢琴在唱歌呀
从心底歌唱
为他们
唱着春天的歌谣

大雪、小雪
飘呀飘
飘到两人的身上
温暖又美丽

◎ 59.

椅子上

仿佛坐在礁石上
被海水围绕

涨潮了
数不清的白帆
向着海平线驶去
你瞧
越来越远

日落了
天空高远
涨潮了……
（别玩了，开饭了）

啊，是妈妈在喊
我从椅子的礁石上
勇敢地跳下来
跳进房间的海洋

莲和鸡

从淤泥里
开出莲花
这不是莲的功劳

从鸡蛋里
孵出小鸡
这不是母鸡的功劳

我发现了
这个秘密
这也不是我的功劳

◎ 61.
声音

天空依然明亮的
黄昏
总是从远方
传来声音

是不是在玩什么小游戏
又像是
波浪的声音
还是
小孩的声音

肚子有点饿了的
黄昏
总是从远方
传来声音

天 堂 里 的 妈 妈

◎ 62.
十字路口

会不会
有哪个陌生人
来问问
去我家的路怎么走

赌气的我从家里出走
在秋天的夕阳下
站在十字路口

柳叶一片一片落下
灯火一盏一盏点亮

会不会
有哪个陌生的路人
来问问
去我家的路怎么走

天堂里的妈妈

一个人在黄昏的山坡上
看着晚霞
忽然想起
曾经去过的那个神社

一抬头，看见
昏暗的格子窗里
坐在彩云上吹着笛子的天人
慈眉善目

我的妈妈
一定也在那样美丽的彩云上
穿着薄薄的轻纱衣裳
随着笛声跳舞吧

看着晚霞
好像听到了笛声
隐隐约约
从远方传来

樱花树

如果妈妈不会骂我
我想爬上那
盛开的樱花树

攀到那第一根树枝上
看见晚霞中的小城
会像童话里的仙境吧

坐在第三根树枝上
身体被樱花包围着
我就成了樱花公主

一挥手撒下魔术粉
到处都开满了樱花

如果不会被发现
我真想爬上去看看呀

◎ 65.
山樱花

樱花、樱花、山樱花
我插一支在头发上
变成了山神公主呀

樱花、樱花、山樱花
站在那棵树下
我是山神公主

樱花、樱花、山樱花
山神公主说
"跳个舞给我看看吧"

樱花、樱花、山樱花
花瓣儿纷纷扬扬
散落到山神公主的头发上

大家要回家了
就在那崎岖的山路上
开满了山樱花

◎ 66.

仙人

食花为生的仙人
升天了
这个故事就到此为止

我也吃了花儿呀
绯红的桃花有点苦
紫云英花有点涩

只要吃了花
总有一天可以飞起来吧
然后我又吃了一朵

但是呀
天黑了
家里的灯亮了
我要回家吃饭啦

◎ 67.
佛龛

在后院摘下的橘子
还有城里带回来的礼品
都要供奉到佛龛前
我们不可以吃

慈悲的佛祖呀
很快就可以分给我们吃了
所以我
虔诚地把双手合十

我家里和后院
都没有花朵
但是佛龛前
开满了鲜花
让房间也显得明亮起来

慈悲的佛祖呀
把花儿给我们欣赏
就算凋零的花朵
我也不会踩踏

不管白天黑夜
家里的老奶奶
总是给佛龛点上灯
里面是金黄色
像皇宫一样明亮

不管白天黑夜
我也会向佛祖
敬礼鞠躬
然后我就会想起来
曾经忘记的事情
就算我忘记了
佛祖也都替我们记着呢
所以我对佛祖说
"谢谢你，谢谢你，佛祖"

佛龛像极了金色的皇宫
有着小小的门
如果一直是乖孩子
就可以从这个门进去吧

◎ 68.
和好

开满紫云英的
田间小路
小女孩站在对面

她拿着紫云英花
我也摘着紫云英花

她笑了
我也不由自主地
笑了

开满紫云英的
田间小路
叽叽叽
云雀在鸣叫

谁来说真话

谁来说真话呢
把我的事情，告诉我
别人家的阿姨表扬我了
但不知为什么，她笑了

谁来说真话呢
我问了花儿，花儿摇了摇头
我想也是的
花儿呀，都那么的漂亮

谁来说真话呢
我问了鸟儿，鸟儿飞走了
一定是有什么不能说的秘密
所以呀，不说话，飞走了

谁来说真话呢
不好意思问妈妈
（我是一个可爱的乖孩子）

谁来说真话呢
把我的事情告诉我

◎ 70.
积雪

上面的雪
一定很冷吧
被冷冷的月光照着

下面的雪
一定很累吧
承载过那么多人

中间的雪
一定很寂寞吧
看不见天空
也摸不着地

◎ 71.
捉迷藏

——藏好了吗

——还没有呢

在枇杷树下

牡丹丛中

孩子们在玩

捉迷藏

——藏好了吗

——还没有呢

在枇杷树枝上

绿色的树叶旁

小鸟和枇杷在玩

捉迷藏

——藏好了吗

——还没有呢

蓝天之外

黑土之下

夏天和春天在玩

捉迷藏

◎ 72.
紫云英

听着云雀的歌声
摘着紫云英
不知不觉
手里拿不下了

拿回去就会枯萎
枯萎了就会被人扔掉
像昨天一样，丢进垃圾箱

我在回家的路上
看到没有花儿的地方
哗啦哗啦，挥洒花朵
——就像春天的使者一样

◎ 73.
纸飞机

一、二、三
纸飞机，飞上天

绢一样的云
羽毛一样的云
柳条一样的云

在我不知道的地方
也有不认识的小孩子
和我一样
在玩纸飞机吧

一个人在晴朗的午后
一个人在春天里玩耍

踢踏、踢踏

踢踏、踢踏
光着脚回家

手里拿着破旧的草鞋
在麦田的小路上
踢踢踏踏地走

跳起来，看到了远处的河
还有田里的豆花
我在跳高
麦子也在跳高

路边的紫云英
油菜花开了

左边摘花
右边摘花
手里的草鞋碍事了

破了就没用了
一挥手丢掉吧

踢踏、踢踏
光着脚回家

◎ 75.

金平糖①的梦

金平糖
在做梦

在春天的乡村
零食店的玻璃瓶里
做了一个梦

金平糖
乘着玻璃的小船
飞到天上
变成夜空中的
一颗小星星

---

① 金平糖，又叫花糖、金米糖、星星糖等，一种外形像星星的小糖果。

◎ 76.

电线杆

耳边响起麻雀的嬉笑声
电线杆醒了

蔬菜车回家休息了
修电线的工人赶来了

午后，渐渐起风
小孩子们支起耳朵
听电线演奏的琴声

断了线的气球
碰了一下电线杆的鼻子
飞走了

夕阳落山，天要黑了
电线杆上星星探出头来

脚边，基督徒们在唱歌
电线杆又困了

◎ 77.

光的笼子

我现在呀
是小鸟

夏天，树的影子
是有光的笼子

被一个看不见的人饲养着
我为他歌唱
所有我知道的歌谣

我是一只乖乖鸟
当我张开翅膀的一刹那
有光的笼子就会消失
但是我呀
乖乖地待在那里

生活在光的笼子里
我是一只
心地善良的小鸟

◎ 78.
燕子

嗖的一声，燕子飞上天
目光被燕子引向
夕阳的天空

我发现了
像口红一样美丽的晚霞

这时我才想起
燕子又回到这里来了

◎ 79.

这条路

这条大路的远方
有一片大森林
孤独的朴树呀
沿着这条大路去吧

这条大路的远方
有一片大海
莲池里的青蛙啊
沿着这条大路去吧

这条大路的远方
有一座城市
寂寞的稻草人呀
沿着这条大路去吧

这条大路的远方
总会有些什么
大家手拉手
沿着这条大路去吧

◎ 80.

狗

家里的牡丹花开的那天
居酒屋家的"小黑"死了

在居酒屋外面玩耍时
总是训斥我们的老板娘
哭得很难过

那天，在学校
把这件事情兴致勃勃地讲给朋友听
忽然呀，我也开始寂寞起来了

天 空 和 海

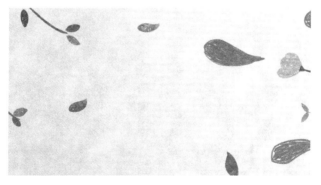

◎ 81.
好眼睛

我想抓住一只鸽子
得到一双鸽子的眼睛

假如我有这样的好眼睛
和妈妈住在城里也能看见
乡间的森林和大大小小的鸟儿

还能清晰地看见
海里的小岛上
岩石下面的鲍鱼

看见夕阳下的天空
坐在彩云上的天使

假如我有这样的好眼睛
我就乖乖地待在妈妈身边
看各种各样的东西呀

◎ 82.

陀螺的果实

又红又小的陀螺的果实呀
又甜又涩的陀螺的果实呀

放在手里的果实
一个转着玩，一个吃掉
没有了再去寻找呀

虽然只有我一个人
但是山上陀螺的果儿
数也数不清
它们躲在树荫下偷偷看着我

虽然只有我一个人
玩着陀螺，日落也不寂寞

◎ 83.

气球

拿着气球的小孩
站在我旁边
感觉就像自己拿着气球一样

庙会的后街上
嘀哩哩，响起了
笛子的声音

红色的气球
圆圆的月亮
出现在春日的天空

拿着气球的孩子
走了
我开始寂寞了

◎ 84.
第一颗星

云雀在天上
发现了
第一颗星星

船长的儿子在海上
发现了
第一颗星星

中国的孩子在中国
发现了
第一颗星星

谁能成为
伟大的人呀
只有天上第一颗星星
知道

◎ 85.
推铁环儿

穿过那条街
穿过这条街
推着铁环儿，嘎啦嘎啦

追上一台人力车
追上一辆马车
超过它们呀，嘎啦嘎啦
追上第三辆车
就出了这个城市
到了城外呀，嘎啦嘎啦

田间的道路
连着天空
就这样推到天边呀，嘎啦嘎啦

黄昏来临
晚霞连着道路的尽头
把铁环儿丢进晚霞里
回家去

从海上飞出来的星星
头顶着铁环儿
天文台的博士看见了
惊讶地说
　"大发现啊，不得了
又多了一颗土星呀"

125

◎ 86.
天空和海

春日的天空发着光
像丝绸一样发着光
为什么，为什么
在发光

天空深处的星星
在闪烁

春日的大海发着光
像贝壳一样发着光
为什么，为什么
在发光

大海深处的珍珠
在闪烁

◎ 87.
好事情

破旧的土墙
倒塌了
露出了一片
坟墓

道路右侧
山的脚下呀
墓碑们
看到了大海

总觉得这是一件
好事情
每次路过
都很高兴

◎ 88.
昼与夜

昼离开了
夜来了
夜离开了
昼又来

在哪里
才能看到

长长的绳子
连着
这一头和那一头

◎ 89.

叶子的婴儿

"乖宝贝，快快睡"
这是月亮的任务
轻轻地把月光盖在它身上
唱着无声的摇篮曲

"乖宝贝，起床了"
这是风的任务
东方的天空亮起来了
风儿轻轻地摆动
叫醒它

白天的看护
是小鸟的任务
唱首动听的歌谣
还会在树枝里玩捉迷藏

小小的
叶子的婴儿
喝饱了露水就睡觉
不知不觉就长胖了

◎ 90.

那个孩子

——那个孩子被谁夺走了
——那个孩子，我要去找他

——那个孩子去哪里了呀
——那个孩子去了我的家乡

——那个孩子是个不懂事的孩子
——虽然那个孩子不懂事
可是呀，他的妈妈在这里
一直等着，一直想着他呀

◎ 91.

佛的国度

如果都是去同一个地方
我想佛祖
会更喜欢我们

如果和那些可爱的花朵
还有唱着动听歌儿
却被射杀的鸟儿
都去同样的地方的话

就算去不同的地方
我们也去不了
最差的地方

最坏的地方
比中国遥远
比星星还高

◎ 92.
擦玻璃

爬上窗
擦玻璃

擦呀，擦呀
我看见
教室的桌子上长了草
有人站在草上
光着脚

草丛上面的黑板前
是谁在涂墨水

刚被涂过墨水的黑板上
山樱花盛开

河堤上的女孩
渐渐走进了花丛里

她不知道映在玻璃上的倒影
也不知道我在看着她

◎ 93.

桃

一、二、三
扑上去

摇呀摇呀
桃树枝

树枝在我上面
左手还是右手
用哪个手抓呀

一、二、三
跳下去

桃树枝呀
又回到原来的样子

那个桃，那个桃，真高呀
那个桃，那个桃，真大呀

◎ 94.

书

寂寞的时候
走进爸爸的房间
看着书架上
那一排排书脊烫金的文字

有时候
偷偷踮起脚
抽出一本重重的书
像抱着玩偶一样
走到屋檐下，看书

书里的内容呀
都是横排的洋文字
没有一个假名，但是
那些文字像花纹一样漂亮
还有，一种神秘的芳香

舔一下手指

翻开下一页

白色的纸张

一页页跳出我没听过的故事

在嫩叶的树荫下

抚摸着文字

在五月的房檐下

翻开爸爸的书

是我最喜欢的事

◎ 95.
绣球

城里的小孩为了寻找绣球
去了另一个城市
围墙上突然飞出来的
泡泡，消失了

城里的小孩为了寻找绣球
去了乡村的小屋
在小屋后院找到的
绣球花，凋谢了

城里的小孩为了寻找绣球
走向郊外
白色的云朵背后
绣球就在那里呀